Le roi Jules et les dragons

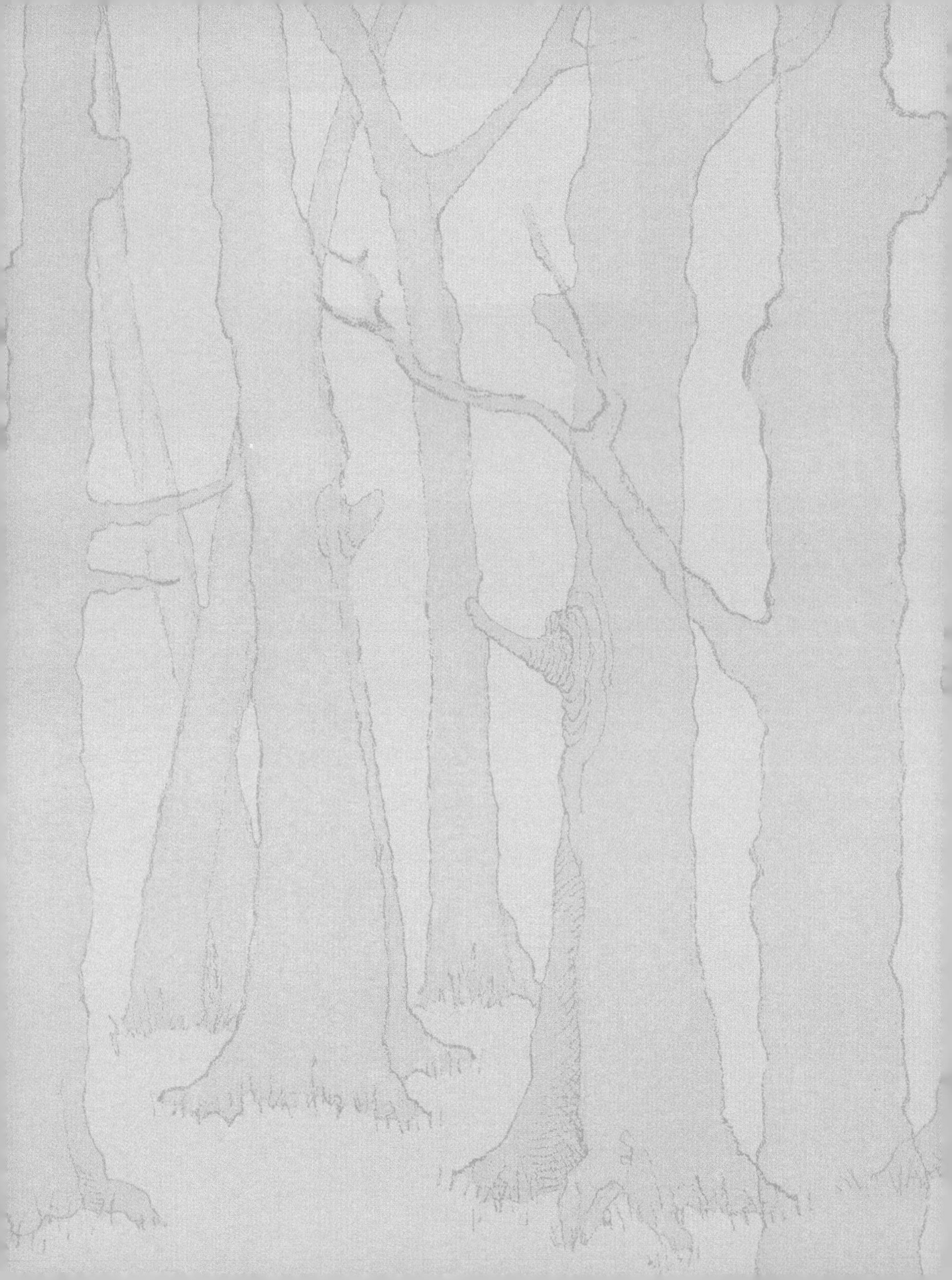

Le roi Jules et les dragons

Pour Théo, alias le roi Jules,
et à ses amis constructeurs de châteaux forts
P B

Pour Jesse
H O

Texte français de Claude Lager

ISBN 978-2-211-21376-9
Première édition dans la collection *lutin poche* : juin 2013
© 2012, l'école des loisirs, Paris, pour l'édition en langue française
© 2011, Peter Bently, pour le texte
© 2011, Helen Oxenbury, pour les illustrations
Titre original : « King Jack and the Dragon », Puffin Books-Penguin Books Ltd, Londres, 2011
Loi numéro 49 956 du 16 juillet 1949 sur les publications
destinées à la jeunesse : juin 2013
Dépôt légal : octobre 2017
Imprimé en France par I.M.E. by Estimprim à Autechaux

Le roi Jules et les dragons

Texte de Peter Bently
illustrations d'Helen Oxenbury

Pastel
les lutins de l'école des loisirs
11, rue de Sèvres, Paris 6ᵉ

Jules, Léo et Gaspard
construisent un campement,
un super repaire pour le roi Jules et ses hommes.

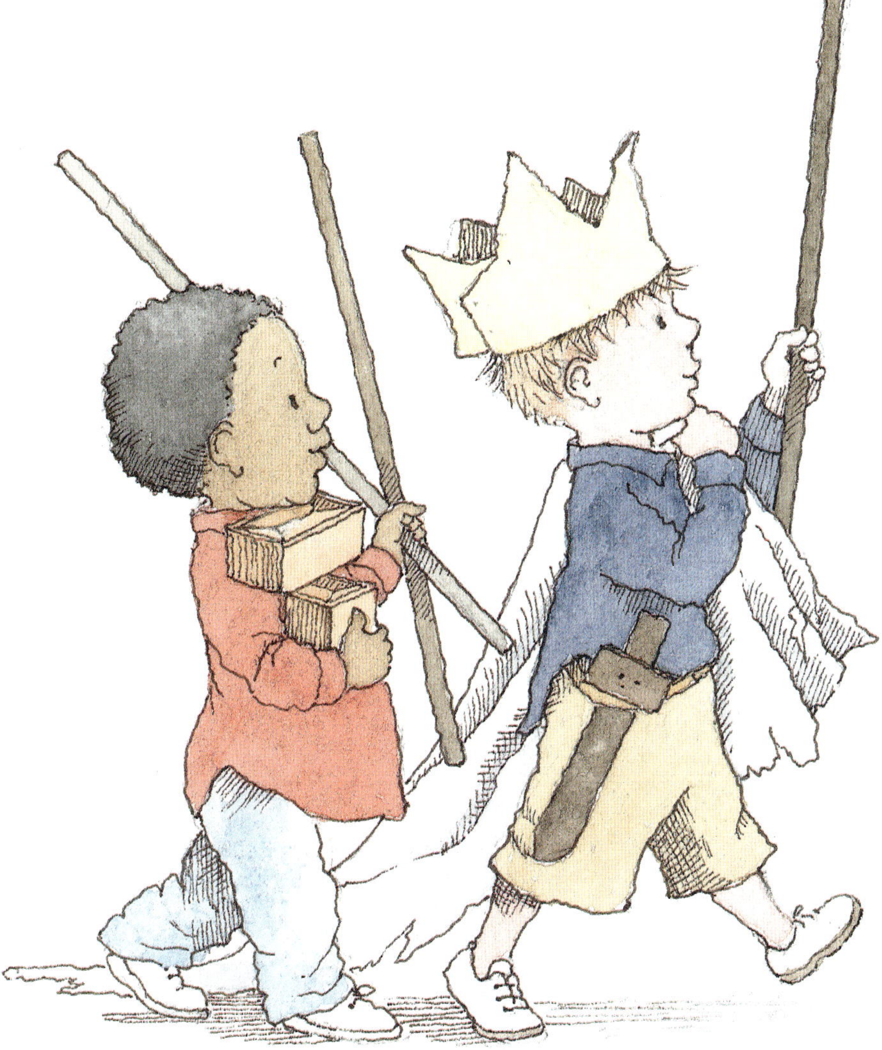

Une grande boîte en carton,

un grand tissu et quelques bâtons,

deux trois sacs en plastique…
et cinq six briques.

Un vieil édredon fera pour le roi
un trône de choix.

Le pont-levis,

un drapeau,

et le château fort
est construit.

«Préparez-vous à vous battre, braves chevaliers ! crie le roi Jules. Protégez le château de votre roi de l'attaque des dragons !»

Jules, Léo et Gaspard…

passent la journée entière…

à combattre des dragons…

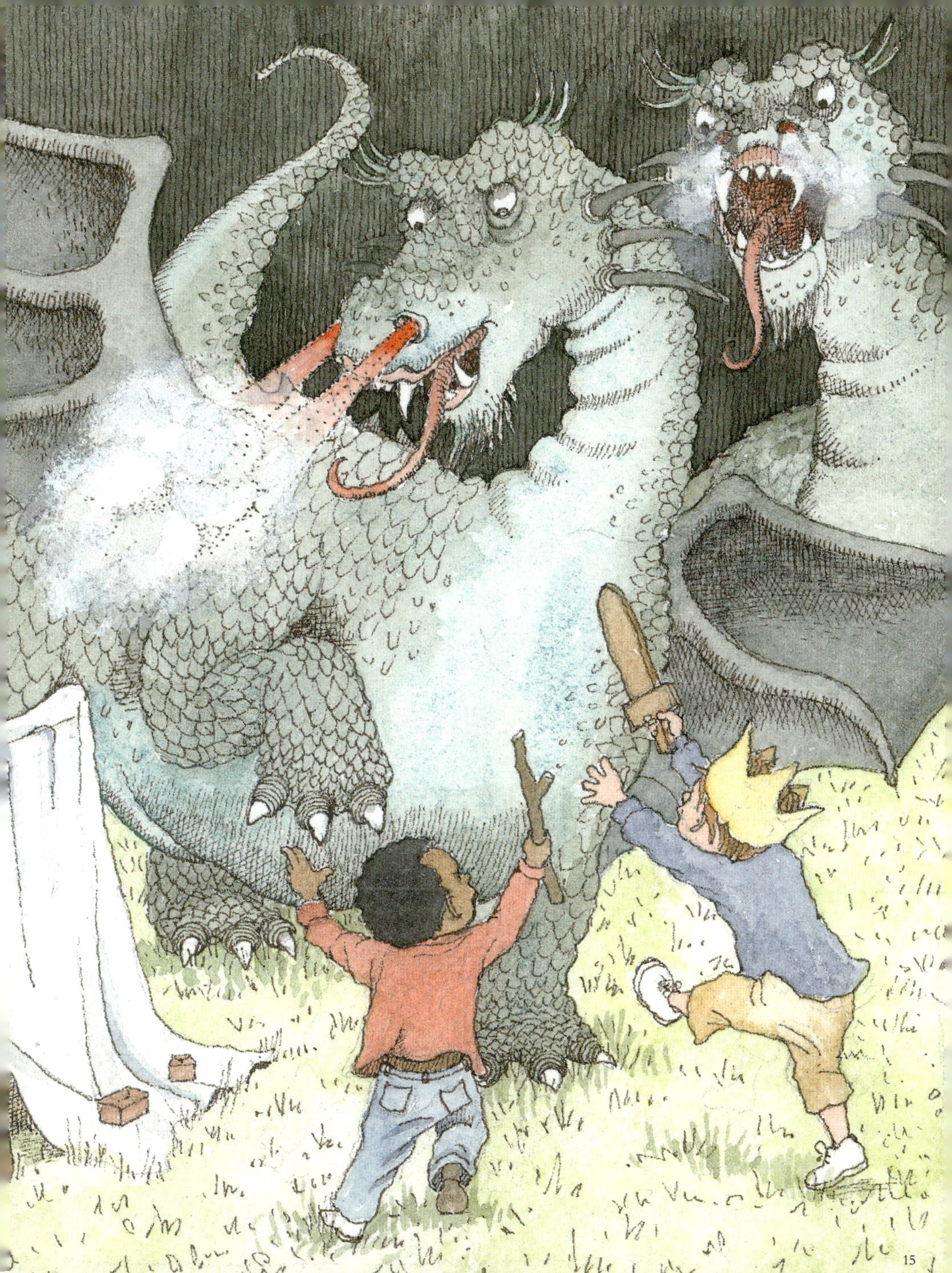

et des monstres.

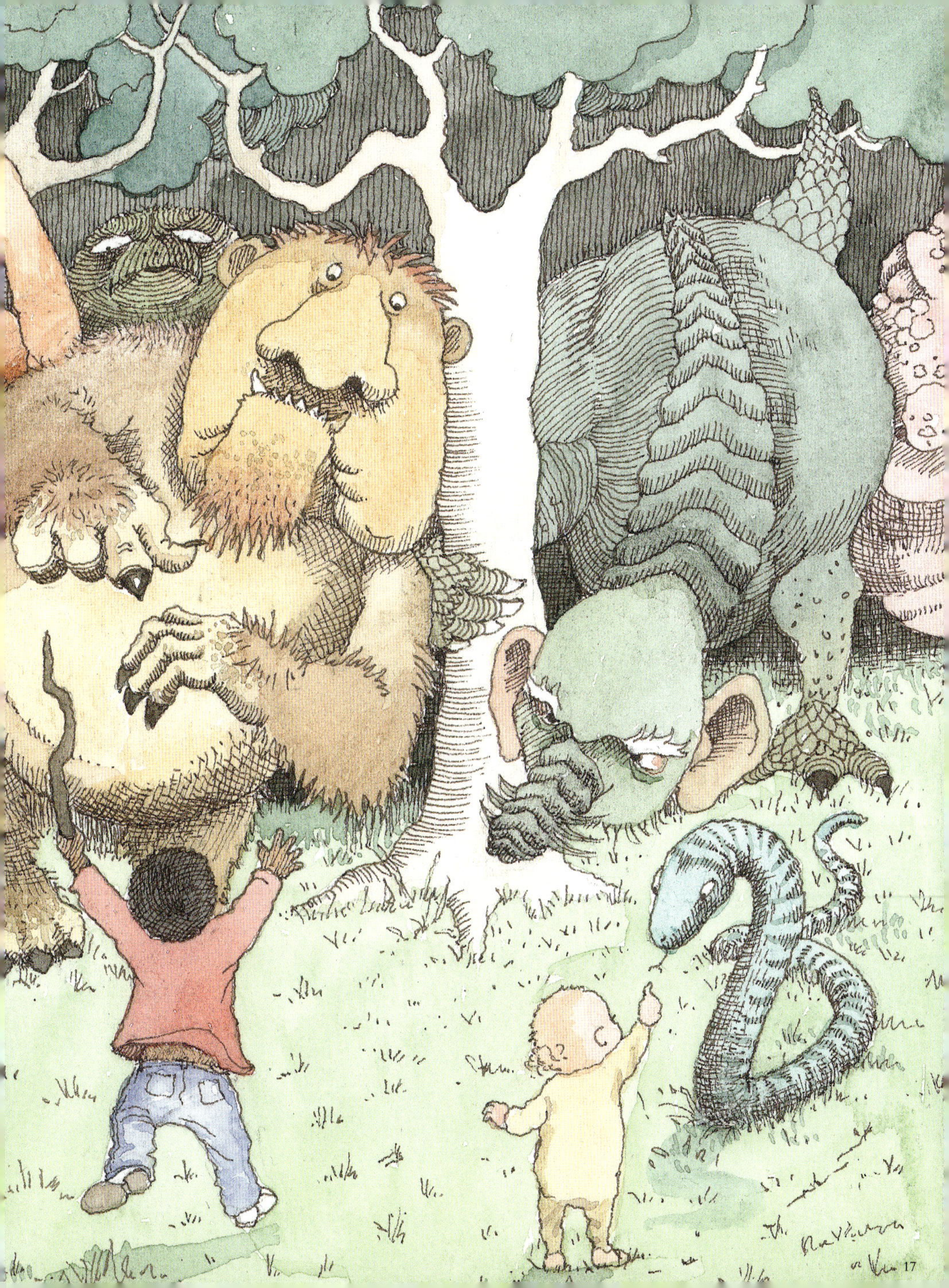

À l'assaut!

19

Puis, ils retournent au château fort
pour fêter leur victoire.
«Nous passerons tous la nuit ici»,
annonce le roi Jules.

C'est alors
qu'un géant arrive
pour emmener
sire Léo à la maison.

«Pas de problème, dit le roi Jules,
à deux, on peut combattre les dragons.»

C'est alors qu'une géante arrive
pour mettre Gaspard au lit.

Drapé dans sa couverture,
Jules s'assied sur son édredon.
« D'accord, décide-t-il, je combattrai seul les dragons. »

Soudain,
une bourrasque de vent fait bruisser les arbres.
« C'est rien », dit Jules en frissonnant.

Une souris trottine sur le toit.
Scritch scritch scritch.

« C'est rien, dit Jules.
Pas de raison de s'inquiéter. »

« Burp », fait une grenouille.
« C'est rien ! » dit Jules.
Et il allume sa lampe torche
car il fait de plus en plus noir.

« **Hou-hou !** » hulule un hibou. « C'est rien »,
répète Jules en tirant la couverture sur sa tête.

Mais tout à coup,
le cœur du courageux roi Jules
s'arrête de battre.

Il entend quelque chose
qui approche.

Quelque chose…
à quatre pattes.

C'est de l'autre côté du pont-levis.
Le roi Jules pousse un cri :
« Un dragon ! Un dragon !
Maman ! Papa ! Au secours ! »

Jules n'a plus du tout envie d'être roi.
Soudain, le pont-levis bascule et il voit…

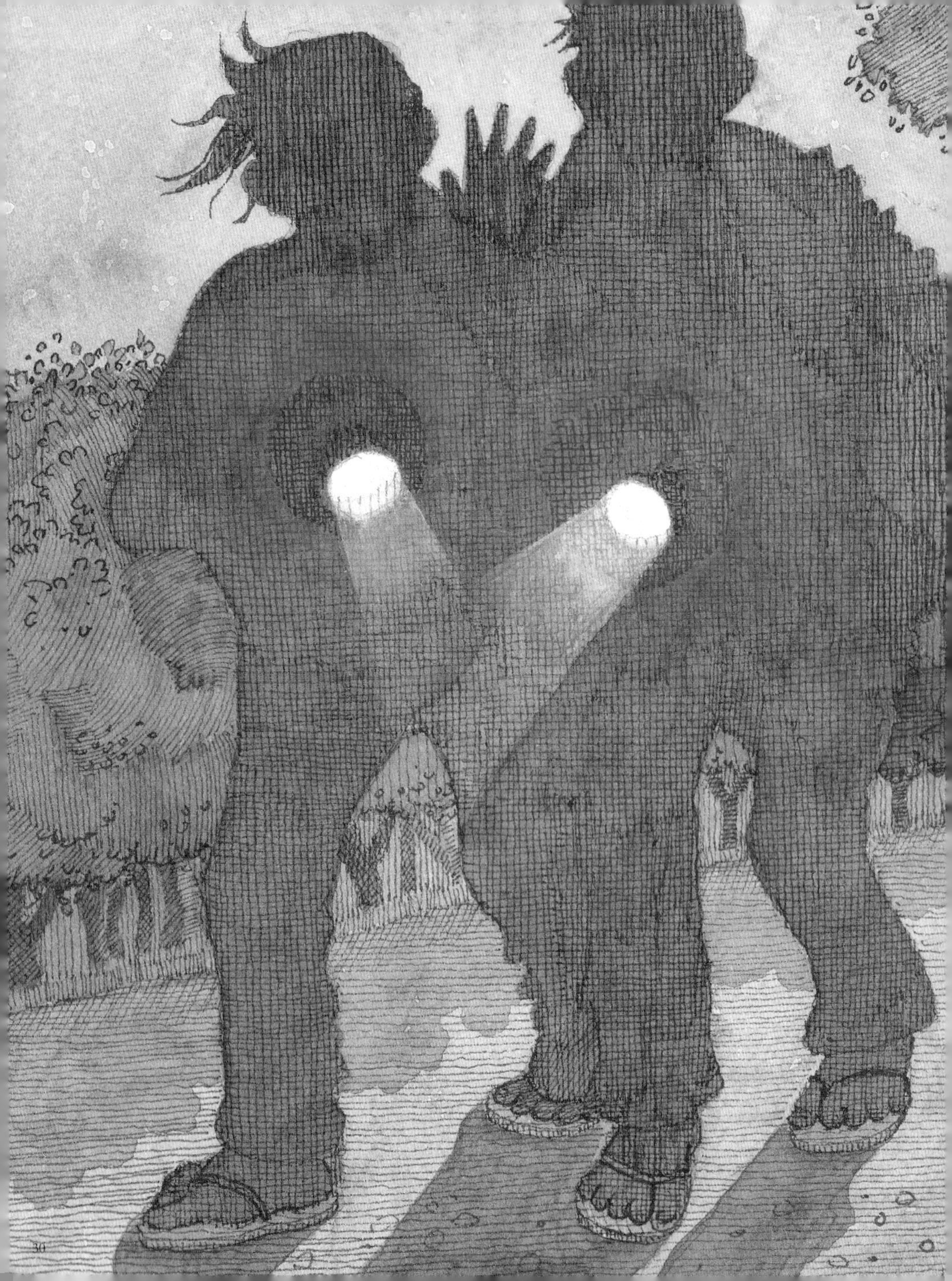

la chose !

«Désolée de t'avoir fait peur, s'excuse Maman en souriant. Mais c'est l'heure où les rois courageux vont se coucher.»

«Et les rois courageux qui ont combattu des dragons toute la journée doivent prendre un bain», déclare Papa.

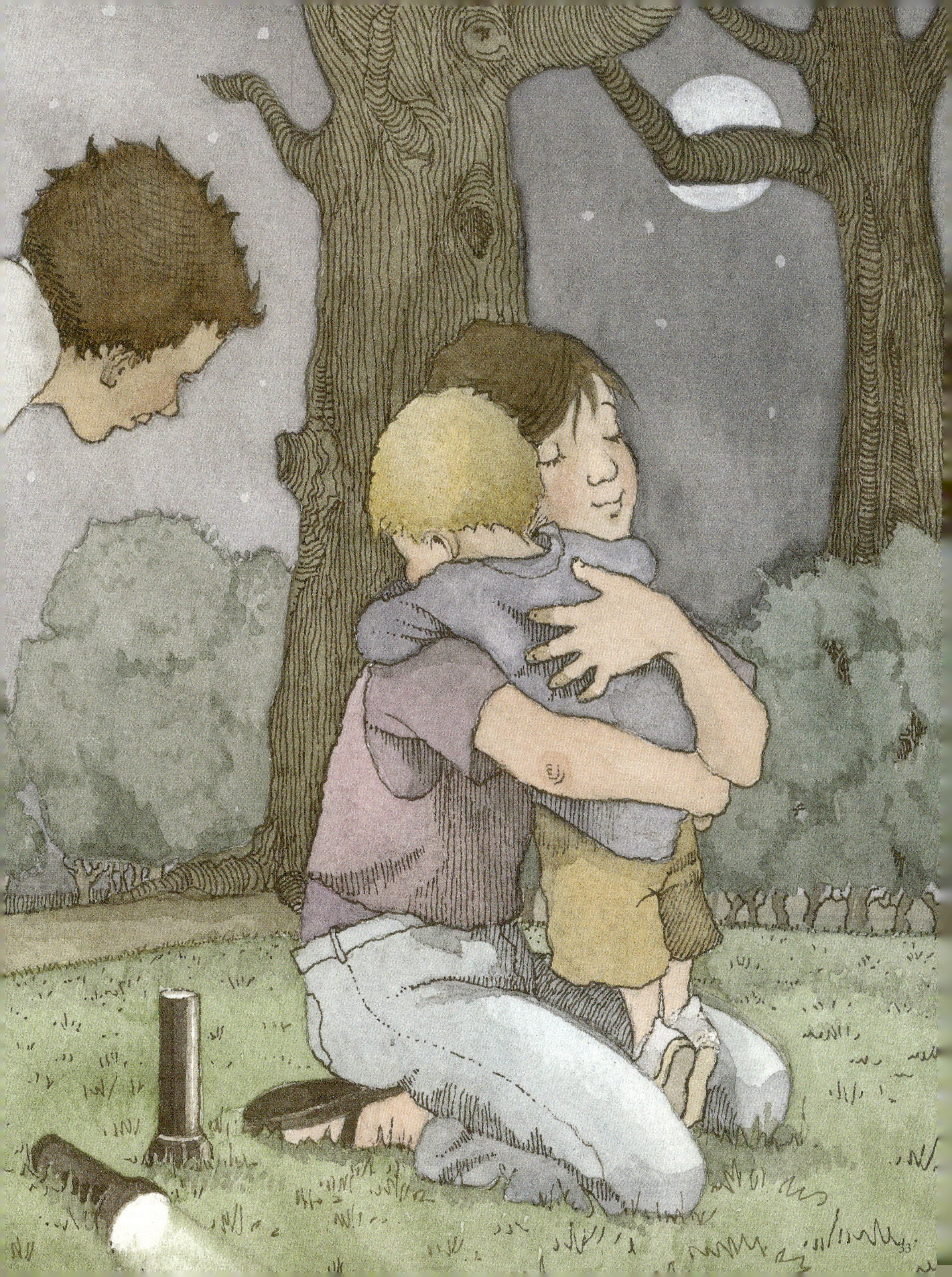

« Je savais bien que vous n'étiez pas
de vrais dragons », dit Jules en bâillant.

Et sur le dos du géant,
il rentre courageusement à la maison.

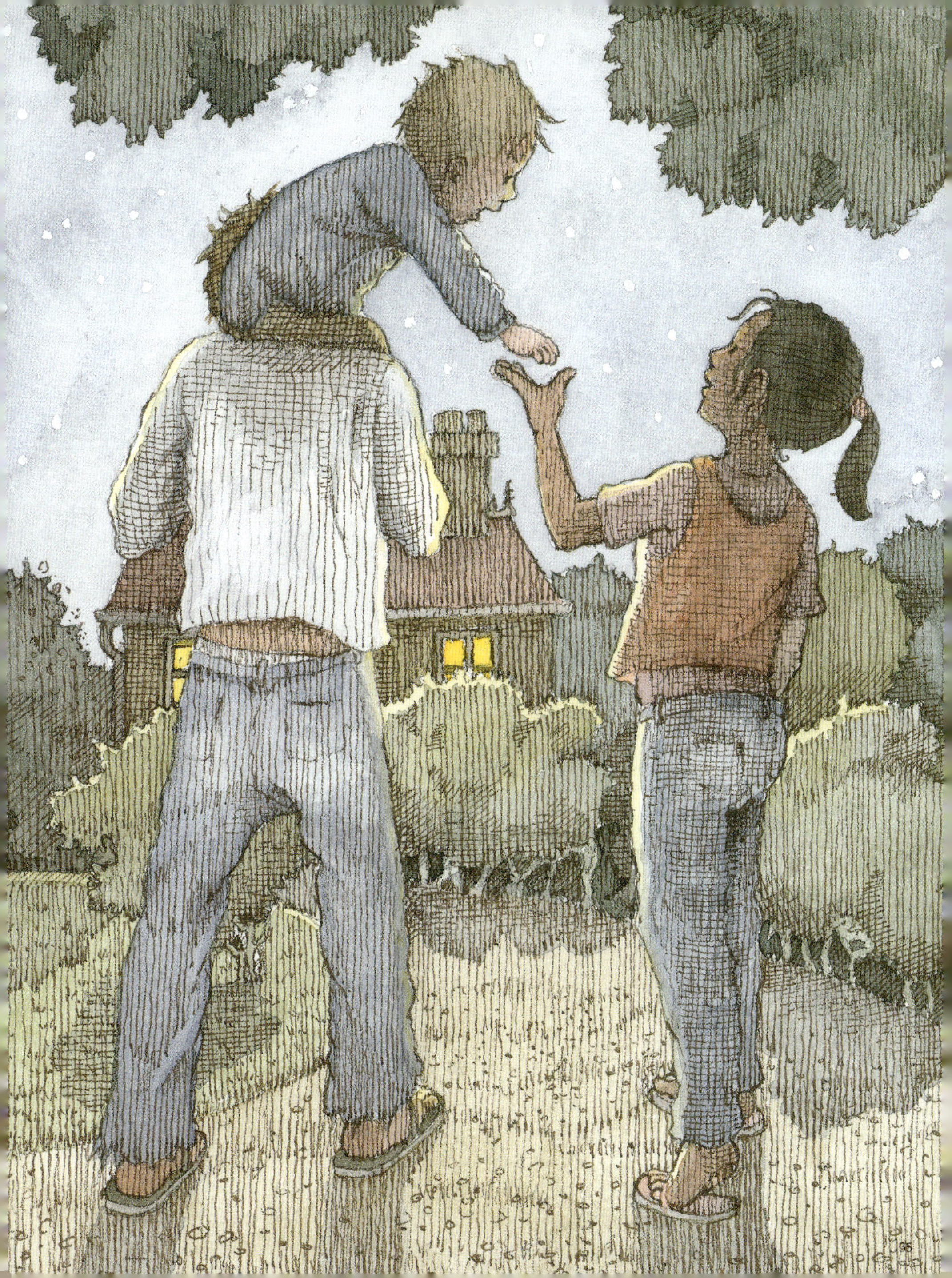

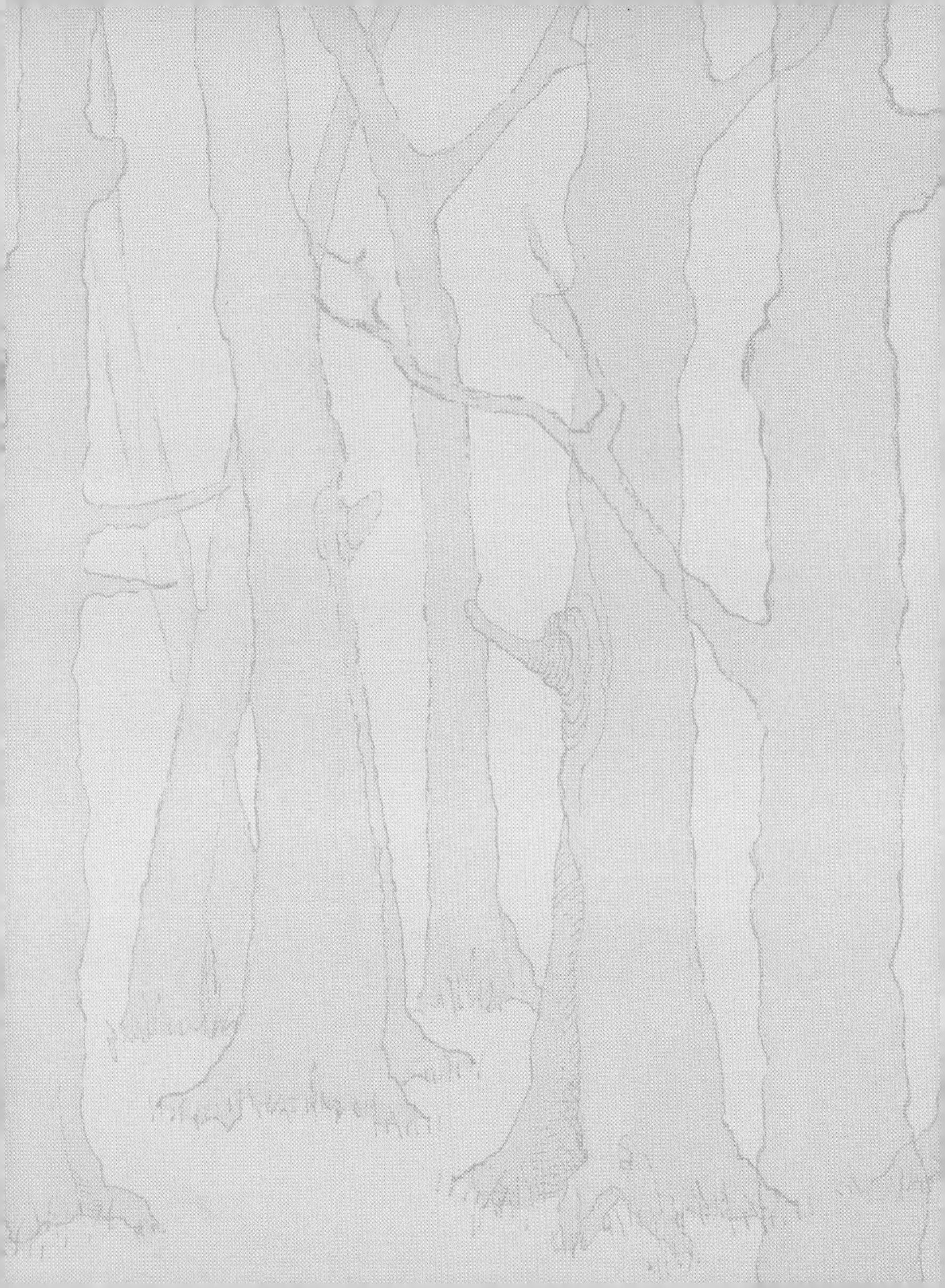

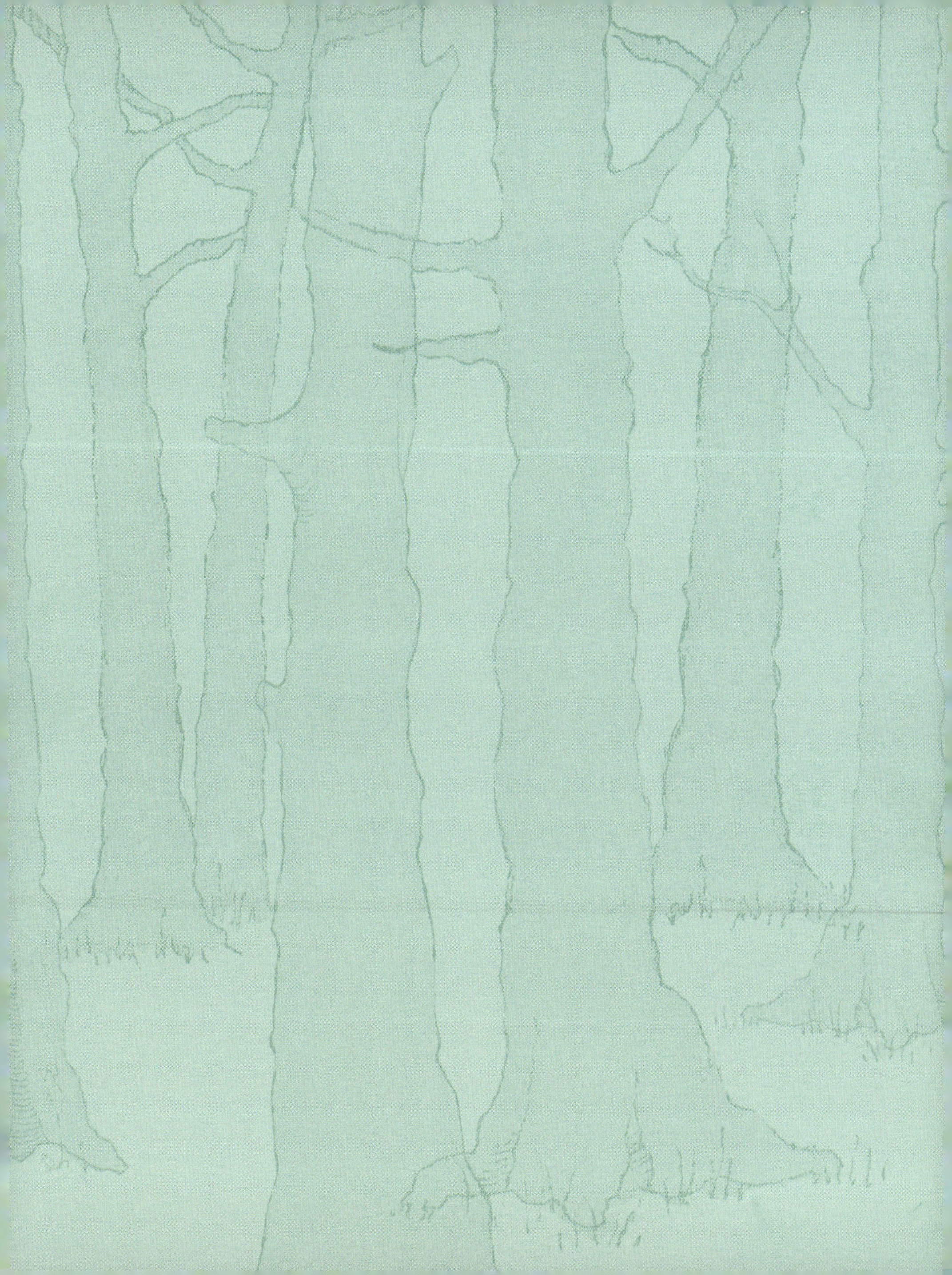